絕對沒大腦 ①

挖地挖出一塊地

王聰 / 著

李楠 / 繪

新雅文化事業有限公司
www.sunya.com.hk

我的阿拉丁神燈

有的小孩玩具太多，有的小孩瞌睡太多，有的小孩話太多，有的小孩鼻涕太多……

而我呢？我是願望太多。

小時候，我的願望多得腦袋裝不下，怎麼辦呢？我就把這些願望變成故事，講給大樹下面的小伙伴聽。然後問他：「好不好聽？好不好聽？」他如果說好聽，我就會滿足地嘿嘿一笑；他如果說不好聽，我就會一直問一直問：「為什麼不好聽？為什麼不好聽？為什麼不好聽？」然後一直追到太陽下山，追到他的家。

說到這裏，你一定會問我，你都有些什麼願望啊？這麼說吧，當沒人跟我玩的時候，我就想啊，要是有人陪我玩多好啊，最好是外星小孩！可是外星小孩要走了怎麼辦啊……當我被媽媽吼的時候，我縮到角落裏就想，要是能把媽媽變小就好了，最好像彈力球那麼小！可是萬一她變不回來怎麼辦啊……當我看着古生物書的時候，我就想啊，要是這些古生物能跑出來跟我玩就好了，最好全都跑出來！可是牠們要是打架怎麼辦啊……

　　可能你會說，哇！你的願望實現起來太難了！嗯，你說得沒錯，本來是挺難的，不過我有我的阿拉丁神燈！當我把願望變成故事寫下來，在這些故事裏，我就能和外星小孩成為朋友，和她聊天玩耍，還能知道她家裏有多少兄弟姊妹；我能帶着變小的媽媽上學，然後一不小心把她弄丟，我會情不自禁地哭起來；我能給打起來的霸王龍和劍齒虎勸架，還能請所有的古生物吃冰淇淋……

　　沒錯！寫作就是我的阿拉丁神燈，我的神燈可以實現我的任何願望。

　　說到這兒，你一定會問我：你現在的願望是什麼？

　　我現在最大的願望就是：有一天，在書店裏碰到你，我可能不認識你，你可能不認識我，你的手中捧着我寫的書，我會一下子衝到你面前問：「好不好看？好不好看？」你呢？雖然被嚇了一大跳，不過你最好回答：「好看！」不然我會問：「為什麼不好看？為什麼不好看？為什麼不好看？」然後一直追到太陽下山，追到你的家。

王　聰

人物小檔案

姓名：	拉鎖
性別：	男
職業：	小學生
學校：	古塔小學
班級：	三年一班
外號：	絕對沒大腦
形象：	雖然又矮又瘦，還有點兒黑，但有領袖魅力
家庭成員：	癡迷於考古的爸爸、喜歡嘮叨的媽媽，還有總是叼着奶嘴的三歲妹妹
最好的朋友：	鄰居＋同學＋「跟屁蟲」重北極
最怕的人：	擅長「擰擰神功」的同桌洛仙仙
最心愛的寶貝：	冰魄搖搖
最擅長的事：	踢足球射門、畫恐龍
最害怕的事：	當眾演講
最大的毛病：	馬虎
性格優點：	聰明、幽默、心思細膩

姓名： 重北極

性別： 男

職業： 小學生

學校： 古塔小學

班級： 三年一班

外號： 北極蟲

形象： 又高又胖，是全班最強壯的男生

家庭成員： 一對和他一樣胖胖的爸爸媽媽

最好的朋友： 鄰居＋同學＋「老大」拉鎖

最心愛的寶貝：白色運動鞋

最喜歡的食物：棒棒糖、冰淇淋……只要是吃的
都喜歡

最擅長的事： 捉迷藏，號稱「捉迷藏大王」

最害怕的事： 到黑板上做數學題

最大的毛病： 不愛動腦

性格優點： 天性樂觀，從不亂發脾氣

目錄

1. 我叫拉鎖 8

2. 絕對沒大腦 15

3. 天才決定 20

4. 搖搖成精了 28

5. 嬰兒北極蟲 38

6. 嘰咕嘎嘎同學 45

7. 外星人的試驗田 52

8. 各種模式 58

9. 語文書的果實 67

10. 彩虹色救生圈 75

11. 食堂裏的朋友 81

12　北極的北極蟲 ………………… 89

13　朋友不好找 ………………… 94

14　拯救外星人 ………………… 102

15　恐龍危機 ………………… 110

16　懷舊模式 ………………… 120

17　化石不會醒 ………………… 126

18　尋找綽號 ………………… 132

19　外星人的眼淚也是鹹的 ……… 140

20　好消息和壞消息 ………………… 148

驚喜彩蛋大放送 ………………… 150

1 我叫拉鎖

　　我叫拉鎖，男生，是古塔小學三年一班的學生。沒錯，這是我的真名。每次提到我的名字，祖母都會驕傲地告訴我，是她給我起的名字。每次看到我撇嘴的樣子，她總會說：「知足吧！沒用你爸給你起的名字！」

　　「我爸給我起的是什麼名？」

　　「拉汀武（拉丁舞）。」

　　「什麼？」

　　我爸撇着嘴：「知足吧！沒用你媽給你起的名字！」

　　「我媽給我起的是什麼名？」

「拉便便。」

「啊？」

天哪！我遇到的都是些什麼人呀！聽聽這些名字，真不知道自己是怎麼活過來的。

比起他們，我的朋友仁慈多了，他給我起了一個綽號——「**絕對沒大腦**」。他為什麼給我起這樣一個綽號呢？我的腦子挺靈光呀！是嫉妒我，還是故意說的反話？

老實說吧，都不是，說起這個綽號，就要說說我的這個朋友。

我的這個朋友，有一個很威風的名字叫「重北極」（這個姓讀「蟲」），不過他也有一個很小氣的綽號叫「**北極蟲**」。

他家住得離我家很近，有多近呢？這

麼說吧，一隻身體**矯健**的蚱蜢都可以一下子從他家的陽台跳進我家的臥室。所以每次北極蟲爸爸打他屁股的時候，我都可以聽到**劈里啪啦**聲。

北極蟲是我的鄰居、我的同學、我的跟屁蟲……睡覺的時候，他會闖進我的夢裏；吃飯的時候，他的手會闖進我的碗裏；拉便便的時候，他會闖進我的廁所裏……

我問北極蟲：「我欠了你什麼？幹嗎要天天看着你的大餅臉？」

「嘻嘻，你一定欠了我好多大餅！」說完，一大滴口水從他嘴裏流出來。

好吧，我承認，我輸了。只要一提到吃的，他一定會流口水，而我最討厭口水。

二年級時，商店裏有一個刮刮樂活動，

特別吸引我們，因為大獎是大黃蜂遙控戰鬥機。這個戰鬥機非常酷，機艙門都是可以打開的，飛機上的座椅都是可以轉動的，誰如果有這架戰鬥機，立刻就能成為全班男生中的老大。可是，我口袋裏的零用錢少得可憐，只能買一張兌獎卡。

我就想讓重北極買，因為他要是中了獎，成為男生中的老大，我就可以成為老大的老大。可是，怎麼才能讓重北極拿出所有的零用錢買兌獎卡呢？

「重北極，今天早上，天還沒亮，你猜我看到什麼了？」

「什麼？」

「我看到有一隻大**喜鵲**落在你家房子上。」我承認，我在說謊。

「真的？」

「當然是真的！」

「我怎麼沒看見？」

「你什麼時候起得那麼早過？」

「有喜鵲又怎麼了？」

「聽我祖母說，喜鵲落在誰家，誰的運氣就會非常好！這叫『**抬頭見喜**』。」我祖母確實說過這麼一句話。

「真的嗎？只要你不耍我，我的運氣就很好了。」他說的是實話。

「我覺得你應該去買兌獎卡，說不定那個大黃蜂戰鬥機就是你的了！」

「那你為什麼不買？」

「喜鵲又沒落在我家房子上！」

重北極覺得我說得有道理，於是，他

把所有的零用錢都用來買兌獎卡。

　　結果……你猜得到的，**他什麼獎也沒中。**

2 絕對沒大腦

　　回來的路上，重北極很不開心：「都怪你，説我運氣好，結果什麼也沒兑到。」

　　「這事你不能怪我，要怪你就怪喜鵲，人家根本沒那麼好的運氣，牠隨便落在哪裏就落呀！」我正説着，一隻「喜鵲」從我頭頂飛過，啪的一下，掉下一坨屎，落在了我的頭頂。看來真的不能隨便説別人，或者別鳥的壞話。

　　「你看，落在你家房子上的，好像就是那隻喜鵲！」我一邊擦鳥屎，一邊指着「喜鵲」叫道。

　　這時，「喜鵲」**喳喳地**叫了兩聲。

「拉鎖！」重北極很生氣地說，「那是隻烏鴉！」

我承認，我又錯了。

買兌獎卡花掉了重北極所有的零用錢，接下來的幾天裏，他過得很慘。重北極非常生氣，接連幾天都不和我玩了。我去找他玩，他說：「拉鎖，我不和你玩了！和你在一起準沒好事！」

「重北極，我不是有意的。」

「可是，為什麼每次出主意的都是你，倒霉的總是我？」

我不說話了，我承認他說的是事實。

幾天以後，我又去找他，求他和我玩。當時，他正因為蔡小強給他起了「北極蟲」這個綽號生氣呢。

「拉鎖，如果你讓我給你起個綽號，我就跟你玩！」

重北極竟然提出這樣無理的要求，我

生氣地**果斷**離開了。

不過，幾天以後，我覺得一個綽號而已，沒什麼大不了的，於是，我又去找他。

「好吧，我決定，讓你給我起個綽號。」我覺得自己比他更看重朋友。

「真的嗎？」重北極高興極了，精心地為我想了好多個綽號，最後決定用「*絕對沒大腦*」這個綽號。他說，我的腦子比他的靈光，只有這樣的綽號才能壓得住我。

「絕對沒大腦」？我想了想，就這個吧。反正這麼長不容易記，說不定過幾天他就給忘了。於是，我答應了。

事實證明，我是錯的。這個名字雖然很長，但是**琅琅上口**，很快就被同學們傳開了，現在仍在同學們之間廣為流傳。

順便說一句，後來我用自己所有的零錢買了一張兌獎卡。結果……你猜得到的，**我中了大獎。**

但是，我把那架大黃蜂戰鬥機放在櫃子最裏面，直到現在也不敢拿出來玩，因為我怕重北極受到刺激，又不和我玩了。

3 天才決定

北極蟲哪裏都好，不過在我心目中，他離「完美朋友」還差那麼一點點。到底是哪一點呢？我也說不清楚。總之，如果他再帥氣一點兒、**聰明**一點兒、安靜一點兒就更好了。

你瞧，星期天一大早，北極蟲就跑到我家，吵得我睡不了懶覺。

「絕對沒大腦！你看新聞了嗎？我們鎮的上空發現飛碟了！」

「關我什麼事？我從一出生就聽說有外星人，八年了！我怎麼沒見到？」我不情願地從被窩裏爬出來。

　　北極蟲有些**掃興**，在客廳等我穿好衣服。

　　「你家是賣碗的嗎？」當我來到客廳時，北極蟲看着我家櫥櫃問。

　　「不是呀！為什麼這麼問？」

「那你家裏客廳的櫃子上，為什麼放着那麼多碗？」

「噓！我告訴你，你不要告訴別人，那些是**古董**！昨天我爸爸弄了一晚上，擺在上面的。」我在北極蟲耳邊神秘地說道。

「破破爛爛的碗，有什麼了不起，怎麼就成古董了呢？」

「因為它們埋在地裏的時間長吧，有好幾百年呢！我爸說，這是我家祖宗留下來，很值錢的！」

「噢，那你家祖宗肯定是個賣碗的。」

「那我就不知道了。」

就在這時，我的大腦**靈光乍現**，忽然冒出一個天才想法，我說道：「如果我們現在埋一些東西在地裏，幾百年以後是不

是也成古董了呢？」

「當然。」北極蟲連連點頭。

「不管我以後會不會發達，有一點是可以肯定的，以後我一定會成為別人的祖宗！」我自信地說道。

「對。我想，我也是。」北極蟲又同意地點點頭。

「所以，我要埋一些好東西！等我孫子的孫子的孫子挖出來的時候，它們就成古董了！」

「是呀！我覺得，我也應該給**後代**留一點兒東西。」看着北極蟲誇張的表情，我就知道他一定非常佩服我的天才想法。

我們都為這個主意興奮不已，說幹就幹！關於造福子孫後代的大事可不能耽誤

了。

　　要埋就埋好東西！我們拿出了自己最喜歡的寶貝，我的寶貝是我最喜歡的玩具——冰魄搖搖，北極蟲的寶貝是一雙白色運動鞋（不知道他是怎麼想的，為什麼要埋白色運動鞋呢？）。

　　寶貝已經選好了，下一步就要找地方埋寶貝了，可是埋在哪裏呢？

　　「埋在我的家。」我堅定地說道。

　　「那怎麼行？我孫子的孫子的孫子一定找不到的！應該埋在我的家。」平時北極蟲都很謙讓，但對於這件事他可是一點兒都不謙讓。

　　嗯，這是個非常嚴肅的問題，幾百年後誰能找到寶貝，就看今天埋在哪裏了！我們兩個研究了好一會兒，最後決定把自己的寶貝各自埋在自己家。

　　「先在我家埋吧。」我們倆一人拿着一把泥鏟，圍着我家的房子轉了一圈又一圈，終於找到了一塊比較鬆軟的地，你一下，我一下，劈里啪啦地開始挖。

　　「可以了，挖得太深，後代們會找不到的。」北極蟲擦了擦額頭上的**汗珠**說道。

　　「不行，挖淺了別人的後代就找到了。」我可不想讓我的冰魄搖搖古董被別人的後代找到了。

　　「那我們歇一會兒再挖吧！」北極蟲**氣喘吁吁**地說道。

　　「你歇着吧，我再挖深一點兒。」我使足了力氣，又用力挖了兩下。

　　「咦？這是什麼？」我的泥鏟好像碰到了一個硬邦邦的東西。

4 搖搖成精了

幾分鐘以後，我們挖出了一個長長的盒子，盒子是深色的、亮亮的，說不出是什麼做的，摸上去光溜溜的。

「好像是一種金屬，你看我們的鏟都沒有把它弄壞。」

「不對，不對，金屬哪有這麼輕的？」北極蟲拿起盒子豎了起來，那個盒子大概和蟲子一樣長，哦，我是說和北極蟲一樣長。

「咦？上面有字！」我驚訝地叫了起來。

盒子上寫着兩行字：

沒有絕對沒大腦的同意
絕對不許打開

「奇怪了！埋盒子的人也知道我叫『絕對沒大腦』？」我撓了撓腦袋。

「絕對沒大腦，你同意打開嗎？」北極蟲嚴肅地問道。

「同意。」我堅定地回答道。

經過我的允許，我們把盒子放在了地上，打開了長盒子。盒子裏面放着一張厚厚的長布，長布是捲着的。

「不會是藏寶圖吧？」北極蟲一大滴口水流下來了。

「你不會連藏寶圖也想吃吧？」

「不是，我是覺得它的顏色很像巧克

力。」

我們把厚厚的長布打開，鋪平在地上。就在這個時候，怪事發生了！那張布一貼在地面，上面居然冒出了好多土。

你見過爸爸**喝啤酒**的時候往杯子倒啤酒嗎？不知從哪裏來了那麼多的啤酒泡泡噗噗噗地往外冒，一下子就湧出了杯子。沒錯，就是那個樣子。我們眼前的這塊長布就像啤酒一樣噗噗噗地往外冒「泡泡」，只是啤酒冒的是泡泡，這塊布冒的是土。

「好像一塊地毯呀，可是它怎麼自己冒出這麼多土呢？」我用力地揉了揉眼睛，把眼睛睜得不能再大了。

北極蟲張大了嘴巴：「酷！*我們在地裏挖出了一塊地！*」

「是呀！而且這塊地還能自己長出土！」大概過了兩分鐘，地毯終於不往外冒土了。

我看了看手中的冰魄搖搖，忽然想到一個好主意：「不如，把我的搖搖埋在這塊地裏吧！説不定能長出棵搖搖樹。」我腦子太靈光了！

「好呀！好呀！」

我把冰魄搖搖埋在了挖出的那塊地裏。

「你會什麼口訣嗎？」

「會！」北極蟲**默默地**唸，「吹口氣，挖個坑，埋在土裏成了精……」

「不行，不能這麼唸！看我的：『搖搖旋，搖搖轉，埋在地裏大豐收……』」

我的口訣還沒唸完，就看見地毯上的土開始動了起來。

「快看！土在動！」

只見那土一拱一拱地動個不停，有那麼幾秒鐘就好像下面有一隻大老鼠貼在地面來回地跑來跑去。我和北極蟲緊張得説不出話來。幾秒鐘過去以後，土不動了，但是在土上湧起一個超級大的土堆。我上前想看看土堆下面有什麼，就在我伸着脖子看的時候，砰的一下，一個**巨大**的傢伙從土堆裏蹦了出來。我們仔細一看，哇！好傢伙！是一個好大好大的搖搖！搖搖又繼續長大，直到長成一個卡車輪胎那麼大。只見搖搖**搖身一晃**，中間的軸立刻長出了兩隻手，手裏還拿着一條繩子。

變大的搖搖二話不說，一把抓起了我的後衣領！**可怕的事情發生了！**

「嗚嗚⋯⋯」搖搖把我用繩子纏起來，當搖搖耍起來了！

我在搖搖的繩子上，上下翻滾，左右搖擺，被搖搖弄得一下子**倒立**，一下子打轉，耳邊的風聲呼呼地颼過，簡直快要口吐白沫了。

我趁着倒立的那一瞬間，瞄了一眼北極蟲，你知道嗎？我的那個好朋友，他居然在旁邊眼睜睜地看着我被耍，嘴裏還不停地**唸叨**着各種搖搖招式：「勁力旋風！環繞世界！不得了！這個是天地雙龍！」

「北極蟲！你這個壞蛋！還在那裏看笑話！快停下！」我大喊道。

可惡的搖搖就是不理會我，我懷疑它根本沒有長耳朵。是呀，搖搖怎麼會有耳

朵呢？

你玩過搖搖嗎？如果你玩過搖搖，就知道搖搖是怎麼玩我的了，這個巨大搖搖絕對是個玩搖搖的高手。

「瞬雷出擊！星月穿梭！原子烈焰！閃電快打三次！哇！我發現搖搖玩人，比人玩搖搖要玩得好呀！旋風掃落葉！」北極蟲一邊看一邊叫道，好像在看**馬戲團**的小丑表演。

真是氣死我了！

「搖搖爺爺，快放手吧！不管你聽不聽得到，可是……可是……我要吐了……」我感覺到肚子裏**翻江倒海**，連連哀求道。

大概是搖搖爺爺非常愛乾淨，一聽到我說要吐了，怕我吐到他身上，終於收了

手。我狠狠地從繩子上摔了下來，來了個大大的屁股着地。

　　我的老天爺啊！玩搖搖的人有很多，被搖搖玩的人，恐怕世界上也就我一個人。

眨眼之間，搖搖爺爺又還原成那個小小的冰魄搖搖。

「快扶我，我有點兒暈！」我感到頭暈目眩，扶着北極蟲叫道。

這時，我看見冰魄搖搖無辜地待在那裏，好像什麼事都沒幹過。

我氣得衝上去想一腳把它**踩扁**，結果，北極蟲高喊：「豬腳！」

「你才是『豬腳』！」我喊道。

「我是讓你『住腳』。」北極蟲補充道。

電視劇裏經常聽到「住手」，爸爸經

常喊我「住口」，我還從來沒聽過「住腳」
的。

　　「萬一你踩它一腳，它又變大了怎麼
辦？到時候，它會踩你很多腳！你這摩天
輪還沒坐夠嗎？」

　　北極蟲說得有道理，我真是被這個傢
伙給轉暈了。我敢說，你一定沒坐過這麼
刺激的摩天輪。

　　「北極蟲，都是你那個口訣弄的，說
什麼不好，偏偏說『成了精』，這下好，
搖搖成精了。」我壞笑了一下，「哼哼，
你剛才是不是看得很過癮呢？要不要把你
的運動鞋也埋進去呀？說不定能來個『運
動鞋怪』，到時現場直播，估計很好看！」

　　「不要！不要！」北極蟲連忙把手裏

的運動鞋握緊了。

哈哈！如果他的手一抖，運動鞋就會掉到那塊地毯上了。

我心裏這樣想着，蹲下抖了抖那塊地毯。就在我**假裝**起身的時候，忽然趁機推了北極蟲一把。

哈哈，快掉下！快掉下！我心裏唸叨着，希望看到北極蟲手裏的運動鞋掉到地毯上。

「啊！救我！」北極蟲在土裏迅速地往下陷，糟糕！我**用力過猛**，北極蟲整個身子都倒在了土裏。

他的身體好像是一大塊掉進巧克力奶昔裏的夾心餅乾，越陷越深，我怎麼拉也拉不上來。眼看土把他埋了，完蛋了！想

想這麼多年來，讓他倒霉的事都是我幹的，他要是變成了北極蟲怪，一定會狠狠報復我！一個搖搖掉進去都把我**玩得團團轉**，這北極蟲掉了進去，出來之後還不像咀嚼薯條一樣把我給吃了？一想到這些，忽然感覺到太可怕了，我渾身的汗毛倏地全都豎了起來。

我拚命地在北極蟲掉下去的地方挖，這時，聽到一聲嬰兒的哭聲，天哪！可憐的北極蟲變成了嬰兒！

我吃驚地抱起嬰兒北極蟲，拍了拍他身上的土。只見嬰兒北極蟲抱着一隻新運動鞋，他還一邊抱着一邊大口大口地啃着，口水流得到處都是。怪不得北極蟲那麼能吃，原來小時候就喜歡吃，而且他小時候

就喜歡流口水。

「吃吧！反正這鞋是
新的！」看着他的樣子，
我有點兒難過，唉，現
在只能用這隻鞋來**安慰**
他了。

嬰兒北極蟲呵呵地笑了起來，別説，
北極蟲小時候還是挺可愛的。

看着嬰兒北極蟲*傻呵呵*地笑着，我
想，還好他不是北極蟲怪⋯⋯不過，很快
我就苦惱了，怎麼辦呢？北極蟲笨是笨了
點，可他畢竟是我的朋友，平時有什麼事，
好歹有個人和我商量。這下子好了，他成
了嬰兒，我該怎麼辦？我以後和誰玩呢？
我該怎麼向他的爸媽解釋呢？北極蟲長這

麼大，喝了多少奶粉，吃了多少肉啊！他們好不容易把兒子養了這麼大，如果我和北極蟲的爸媽說：「這是你們的兒子重北極，他回到了嬰兒時期……」他們會不會把我踢出來？難道我要**撫養**他嗎？我連自己都餵不飽，哪還會餵他呀！那他應該叫我什麼？我以後的女朋友會不會嫌棄他？一下子，我的腦海思緒萬千，唉，真是越想越多。

我抬頭望着遠處的天空，心想：我的人生不會就毀在這個嬰兒北極蟲手裏了吧？

就在這時，我看見遠處的天空飄過一個東西，咦？那是什麼？圓圓的，扁扁的，越來越大！天哪！那不就是傳說中的飛碟

嗎？飛碟越飛越近，在離我家不遠的地方停了下來，**懸在空中**，我腳下的土被飛碟帶來的風捲了起來。我連忙用手擋住嬰兒北極蟲的臉，生怕沙土吹進他的眼睛裏。我瞇着眼睛，只見飛碟上紅色的燈忽閃忽閃地閃了閃，啪的一聲從裏面掉下來一個人。

6 嘰咕嘎嘎同學

「這個飛碟也太不高級了，連個梯子都沒有，就這麼把人給扔下來。」我嘟囔着，只見那飛碟閃着燈，扔下人之後就嗖的一下飛走了。

我連忙躲到了矮牆的後面，心想：那外星人不會把我抓走做**實驗**吧？我伸着半個腦袋偷偷地看過去，也看不清那外星人長得什麼模樣，感覺個子和我差不多高，瘦瘦的。那人落地之後拿着一件工具在地上左敲敲右挖挖，像是在找什麼東西。我一直盯着他看，他從遠處**挨家挨戶**地挖，一會兒就挖到隔壁北極蟲家了，要不要出

去阻止他呢？我正在想着，只感覺到手指一陣劇痛，我大叫了起來，原來這個可惡的嬰兒北極蟲咬了我的手指。

那人聽到了聲音轉過身來，他的眼睛盯着我的眼睛。咦？長得好奇怪，兩隻大大的眼睛佔了一半的臉，頭上長着**觸角**。

「嘿！你是誰？在找什麼？」我扒在牆頭上問他。

「嘿！」他友好地向我招了招手，嘴角**上揚**，我知道，這個表情應該和地球上是一樣的，叫「微笑」。我斜眼看了一下他的手，發現他一隻手上只有三根手指。

「你是外星人嗎？」

「是呀！是呀！不過準確點說，我是外星小孩。你是地球人嗎？」

「是呀！是呀！不過準確點説，我是地球小孩。」

「地球小孩真搞笑，這麼小就有孩子了！」外星小孩盯着我懷裏的嬰兒北極蟲説。

「不是，不是，這不是我的孩子，你誤會了，這是我的朋友。」我連忙解釋。

「朋友？」外星小孩一聽到「朋友」兩個字，兩隻大眼睛閃閃發光，從我手裏一把搶過嬰兒北極蟲。

「你幹嗎？」

「我想看看『朋友』這種東西長什麼樣！」外星小孩抓住嬰兒北極蟲的一條胖腿，正着看，倒着看，嬰兒北極蟲咯咯地大笑起來。

我想搶回嬰兒北極蟲，可是外星小孩一躲，我**撲了個空**，急得大叫道：「朋友就是朋友，他不是東西！」我覺得好像說錯話了，馬上補充道，「我是說，朋友不能說成東西。再說了，這是我的朋友，不是你的朋友。每個朋友長得都不一樣！哎呀，你到底是誰呀？」

聽我這麼一說，外星小孩失望地把嬰兒北極蟲還給了我。

「我叫嘰咕嘎嘎*，來自咪呢咪呢星球。」

「那你來地球幹嗎？」

「為了完成我的外星**考察**作業呀！」

「外星考察作業？呵呵，你們的作業真酷！」

* 嘰咕嘎嘎：粵音「基姑加加」。

「這次來地球，我有兩份作業，一個是『地球土和咪呢咪呢星球土混合後會發生什麼』。」

「你們的作業好難呀！」我心想，外星學生做個作業還要跑這麼遠，看來做哪裏的學生都不容易，以後作業多一點兒我也沒有什麼好**抱怨**的了。

「這個不算很難，還有一份更難的作業——找一種叫『朋友』的東西。可是，我從來都沒有見過『朋友』這東西，怎麼找呢？」外星小孩**撓了撓腦袋**說道。

「我再說一次，朋友不能被說成『東西』！」

「那他是什麼？」嘰咕嘎嘎歪着腦袋看我。

「我也說不好，總之就是不能說成『東西』！對了，你剛才挖這兒挖那兒的，你在找什麼？」

「前幾天，我在地球上埋了一塊我們星球的土地，想完成我的考察作業。可是我忘記埋在哪裏了……昨天去地球的西半球找了一天，忽然想起來好像埋在了東半球。」

「天哪！你們星球上的人記性都這麼差嗎？很懷疑你們是怎麼研究出**飛碟**的。」我搖搖頭，表示無法理解。

「嘻嘻……我的記性是不太好，不過我還是班裏的資優生呢！」嘰咕嘎嘎揚了揚腦袋**得意地**說道。

就這腦子還是資優生呢！那我要是到

了他們星球還不成學霸了？想想我的成績經常**不及格**，如果轉學到外星球上學也是蠻酷的。

　　我正這樣想着，嘰咕嘎嘎忽然大叫起來：「哦！天哪！找到了！這就是我埋下的那塊地！」

 7 **外星人的試驗田**

　　嘰咕嘎嘎看到被我挖出的那塊地毯，一下子撲了上去。

　　「這就是你埋下的那塊地？」我連忙問道。

　　「是的！」

　　正說着，嬰兒北極蟲**哇哇大哭**起來。

　　「對了，嘎嘎同學……」

　　「是嘰咕嘎嘎同學。」嘰咕嘎嘎糾正我。

　　「嘰咕嘎嘎同學，正好我要找你呢，你的這塊地呀，可給我添了好大的**麻煩**！先是把我當搖搖耍了一通，你看，現在又

把我的朋友變成了嬰兒！你以為人家父母把孩子養這麼大很容易嗎？」我叨叨地把外星<u>地毯</u>惹的禍都說了一遍。

這時，嬰兒北極蟲又哭了起來。

「蟲蟲乖，不哭不哭！天哪！他一定是餓了。」正說着，嬰兒北極蟲用他的小頭在我胸前蹭啊蹭啊的。

「我的小乖乖呀，我又不是奶媽，可沒有奶給你吃！」我轉過身對嘰咕嘎嘎高聲叫道，「他要吃奶！麻煩你讓他變回原來的樣子吧，最好快點！」

「別急，我馬上把他變回來。」嘰咕嘎嘎一聽，知道他埋下的東西給我添了這麼多麻煩，覺得很**不好意思**。

嘰咕嘎嘎拿起那塊地毯，然後翻了翻。

　　「好了，把他放在上面吧。」嘰咕嘎嘎指着那塊地毯説道。

　　「這樣可以嗎？」

　　「放心吧，我們老師教過，這是唯一可以讓他還原的辦法。」

　　一聽嘰咕嘎嘎説是**唯一的辦法**，我就不再猶豫了，把嬰兒北極蟲放在地毯上，捂住眼睛不忍心看到他沉下去的樣子。

　　當我打開雙手時，北極蟲已經還原成原來的樣子了。

　　北極蟲剛一**恢復**，見到嘰咕嘎嘎立刻大叫道：「哇！這是什麼怪物？怎麼長着兩隻觸角？」

　　「注意點！北極蟲，對外星友人不能這麼沒禮貌！」我轉過身微笑着對嘰咕嘎

嘎解釋，「別介意，他沒見過什麼世面。我給你介紹一下，這位是地球胖小孩重北極，這位是嘰咕嘎嘎，對了，你的那個星球叫什麼來着？」

「咪呢咪呢星球。」

「哦，對，咪呢咪呢星球。嘰咕嘎嘎是來地球上做作業的，我們挖到的這塊地毯就是嘰咕嘎嘎埋下的作業。」我説着説着，自己都有點兒**糊塗**了。好在北極蟲也是個糊塗的人，所以不用解釋得太明白。

「我是重北極，大家都叫我——北極蟲。」北極蟲*友好地*伸出一隻手。

「我是嘰咕嘎嘎。」嘰咕嘎嘎伸出觸角，輕輕地觸碰着北極蟲的手。

「我們這是在握手，還是在握角？」

北極蟲不解地問。

「這些都不重要，重要的是，剛剛你掉進了那塊地毯裏，變成了嬰兒，是嘰咕嘎嘎幫你還原成現在這個樣子的。」

我當然不會説，是我把他推下去的。

「原來是這樣啊！謝謝你，嘎嘎同學。」北極蟲**一臉感激**的表情，「咦？可是我的嘴巴裏怎麼有一股橡膠味？」北極蟲一邊説一邊吧嗒嘴。

「那是因為你變成嬰兒時一直在啃你的運動鞋。」我説道。

「啊？呸⋯⋯呸⋯⋯」北極蟲**一頓狂呸**。

「北極蟲怎麼了？」嘰咕嘎嘎不解地問。

「哦⋯⋯地球人吃到了非常喜歡的東西時，都是這種反應。」聽了我的回答，嘰咕嘎嘎同學點了點頭，好像明白了。

 **8 各種模式**

「嘰咕嘎嘎同學，你的這塊地好神奇！為什麼兩次埋進去的東西，長出來的都不一樣？」我好奇地問道。

「這是我們那裏的一塊試驗田，一塊地可以調成不同的模式，你看在它的角上顯示着的就是下一個模式。」嘰咕嘎嘎指着地毯的一角，那個角上真的有字。

「**透明模式**！我能看懂上面的字！」我讀着角上的字，興奮地說。

「當然，因為現在我們是在地球上，所以它自動轉換成地球文字。」嘰咕嘎嘎驕傲地說。

「埋下去的搖搖，結果變成很大很大的活的搖搖，這是什麼模式？」

「**巨無霸模式**。」

「北極蟲變成了嬰兒是什麼模式？」

「*出廠模式*。」

「哦，原來是這樣！」

「你們看，每抖動一下，就可以調整不同的模式。對了，你叫拉什麼來着？」嘰咕嘎嘎記性很差。

「拉鎖。」

「哦，拉鎖，麻煩你把牆角那塊有輪的板子給我。」

「那是滑板。」我把滑板遞給他。

嘰咕嘎嘎把滑板埋在了土裏，然後從土裏往上一拉，好像在拉什麼東西，但是

滑板不見了。

「滑板呢？怎麼不見了？」

「你仔細看，它在我手裏。」

我倆仔細一看，嘰咕嘎嘎手裏拿的真是滑板，只是那滑板已經變成了透明的。

「這是透明模式。」嘰咕嘎嘎滿意地說道。

我試着踩上透明滑板在院子裏滑了一圈。

「北極蟲，怎麼樣？比你那塊新滑板酷多了吧？」我得意地問道。

「太酷了！拉鎖，你好像是在地面上飄着，我也要一個這樣的透明滑板！」北極蟲**羨慕**地說。

「沒問題。」嘰咕嘎嘎真的很夠朋友。

很快，北極蟲把他的滑板也取來了，那是他上周才買的一塊新滑板。嘰咕嘎嘎把北極蟲的滑板埋進土裏，然後用他的三根手指在土裏抓呀抓呀，接着用力往上一拉。

「真棒！這麼快就變成透明的了！」北極蟲**搓着手心**，興奮地說。

「不是……呃……這次滑板是真的不見了！」嘰咕嘎嘎搖了搖頭，不好意思地說。

「啊？」

「我忘記了，透明模式之後自動轉換成***熔化模式***。」

「我不要透明滑板了，能不能把它還原？」

「這是唯一不能還原的模式。」嘰咕嘎嘎一臉的**歉意**。

「嗚嗚……我的新滑板呀！就這麼熔化了！」那一刻，北極蟲的心一定痛得快要熔化了。

「應該很慶幸你掉下去的時候不是『熔化模式』啊！」我安慰北極蟲道。我能怎麼說呢？難道我說：「你可真慘，新滑板還沒滑一下，就在眼前消失了！」如果我這樣說，那不是**火上澆油**嗎？

「對不起，我再調整一下。」說着，嘰咕嘎嘎又抖了一下地毯，「現在是『最討厭和最喜歡模式』，請拿出你們最討厭的東西給我吧！」

我拿出了我最最最最（此處省略一百

個「最」）討厭的東西——語文書，嘰咕嘎嘎把它深深地埋在了土裏。

片刻後，長出一株植物，**開花結果**，我興奮地打開果實。

「哇哈哈！語文考試卷！」

「那有什麼好的？我討厭考試卷。」北極蟲有些失望。

「有答案的！」一聽我說，北極蟲也兩眼放光了。

真是一塊**寶地**！明天就有語文考試，它知道我最需要的是什麼。真想趴在地上親吻它！我們立即捲起那塊地毯，無比認真地看了那份語文考試卷。

「哈哈，沒想到你們這麼喜歡這塊地！我先把它留在你們這裏，等我找到『朋

友』之後，再回來找你們！記得不要隨便打開啊！這些模式你們還不太熟。」嘰咕嘎嘎大方地說。

「太好了！」一聽到嘰咕嘎嘎要把外星地毯放在我們這裏，我和北極蟲高興地歡呼起來。

嘰咕嘎嘎這麼大方，我也應該表示一下。想到這裏，我跑回家，取了手機遞給嘰咕嘎嘎。

「你一個外星人，在地球上太顯眼了，一定要保護好自己喲！如果有危險，就給我們打電話。」我有點不放心呢。

「天哪！太老土了，誰還用電話啊！我們現在用的是超聲波，如果我有危險，會用超聲波聯繫你們的。」

「等我一會兒。」北極蟲也跑回家去，片刻之後，又大步跑了回來。

「從這裏找你的朋友吧！」北極蟲遞給嘰咕嘎嘎一本超級厚的書。

嘰咕嘎嘎接過書，用他的三根手指翻了翻：「可是，這麼多，**哪個是朋友啊？**」

「你會找到他的，因為和朋友在一起時，會感覺很開心，很輕鬆！」我說。

「沒錯，就像我和拉鎖在一起的時候一樣。」北極蟲把手搭在了我的肩膀上。

「好吧，我現在要離開，去找那個叫『朋友』的……**物種**。還有，那塊地毯還可以當飛毯用，只要在上面踩三下腳就可以。好了，我走了！」說完，嘰咕嘎嘎嗖的一下不見了。

　　這次，嘰咕嘎嘎終於沒有把朋友說成
「東西」。

　　「你給嘰咕嘎嘎的是什麼書？」我問
北極蟲。

　　「《古今動物大全》。我還在上面簽
了名，寫了日期呢！」

　　「《古今動物大全》？」我的天哪！
不知道這位外星同學會帶一個什麼樣的朋
友來呢？

9 語文書的果實

　　第二天，語文課上，我和北極蟲拿到老師發下的語文考卷時，高興得差點兒笑出聲來。沒錯，老師發的考卷和地裏長出來的那份考卷一模一樣！

　　我們**奮筆疾書**，飛快地在考卷上答了起來。

　　第二天，語文老師笑瞇瞇地走進教室。

　　「這次的試題有些難，不過我們班還是出現了兩個一百分，一個是拉鎖，一個是重北極。」語文老師的**話音剛落**，同學們都驚訝地望着我們。

　　我非常高興呀，畢竟我自從離開幼稚

園起，就再也沒得過一百分！北極蟲和我一樣，他連幼稚園都沒得過一百分。

我和北極蟲又是**相視一笑**。想不到呀想不到，我們倆也有今天！

「這兩位同學平時的語文成績並不怎麼好，這次能考一百分，我發現同學們的潛力還是很大的！」語文老師高聲鼓勵道。

我也發現，那塊寶地的潛力還是很大的！忽然間，我非常後悔，當時應該把數學書、英文書一起埋進去，這樣就可以得到更多有答案的考試卷了。

我和北極蟲因為語文考試的事心情極好，中午放學後，教室裏沒人了，我倆偷偷拿出**隨身攜帶**的外星地毯（這個東西必須隨身攜帶，不然放在家裏是很危險的）。

「好想打開它啊!」北極蟲看着外星地毯説道。

就在這個時候,我的耳邊忽然聽到一把聲音:「**快救救我!快救救我!**」

我一愣,看向北極蟲,北極蟲也在看着我。

「你聽到什麼聲音沒有?」我問道。

「我聽到有人在喊『快救救我』!」北極蟲側着耳朵答道。

「你也聽到那把聲音了?是嘰咕嘎嘎的**超聲波**。」我連忙説道。

「沒錯,這是嘰咕嘎嘎的聲音,他遇到麻煩了!」北極蟲高聲説道。

「啟動外星飛毯!」

説着,我們馬上打開地毯,鋪在地上,

我站在上面連踩三腳，地毯立即飄了起來。

我倆**並排**坐在了飛毯上。

哇！第一次坐飛毯，我的小心臟撲通撲通跳個不停，看得出來北極蟲也有一點兒激動。

「去找嘰咕嘎嘎！出發！」此話一出，我頓時感覺自己像一位**出征的俠客**一樣，話音剛落，飛毯嗖的一下飛了起來。

「哇！太……」我剛要興奮地歡呼一下，還沒等反應過來，飛毯來了個急剎車，又嗖的一下把我們甩了下去。

「啊——」我和北極蟲大叫起來，狠狠地撞到了牆上，我的鼻子感覺好酸好酸。

抬頭一看，路過的同學看着我們哈哈大笑。

「這是什麼破飛毯！怎麼飛一下就不飛了？我的頭被撞得腫了起來！一點兒都不好玩。」北極蟲揉揉撞了牆的頭。

我揉了揉鼻子，看了一下四周，咦？這不是我們學校的食堂嗎？

10 彩虹色救生圈

「我們怎麼來到食堂了？飛毯出錯了吧？」北極蟲説。

我馬上捲起地毯，小聲對北極蟲説：「飛毯應該沒錯，嘰咕嘎嘎可能就在這裏。」

我們走在食堂裏，**東張西望**地在人羣中尋找嘰咕嘎嘎。我朝四周看了一圈，食堂裏擠滿了排隊吃午飯的同學，大家有的在盛飯，有的正坐在座位上吃飯。我心想：這裏人這麼多，嘰咕嘎嘎這麼一個**長相奇特**的生物，一定會引起別人注意的。

「好燙！水好燙！我快被淹死了！」

我們的耳邊又響起嘰咕嘎嘎的聲音。

「水！嘰咕嘎嘎説水好燙！快看看哪裏有水！」北極蟲説道。

我在周圍看了一圈，這裏除了**盛飯菜**的，就是賣甜甜圈的，沒見到熱水機啊！

「嘰咕嘎嘎，你到底在哪兒啊？」我大聲問。

「我……我在湯……湯裏。」

我的天哪！湯裏？

「我變小了……在湯裏！」

「嘰咕嘎嘎，我來救你！」北極蟲端起一個湯碗，咕咚咕咚把裏面的湯一口喝光了，可是並沒有看到嘰咕嘎嘎。他放下空碗，端起另一碗湯又咕咚咕咚喝了個精光，還是沒見到嘰咕嘎嘎。北極蟲又端起

另一碗湯……

「停停停！湯雖然不要錢，你也不用這麼喝呀！」

「我不是在喝湯，我是在救人！」北極蟲嘴角上滴着湯。

「我知道！可是這裏這麼多人，每個人的餐盤上都有一碗湯，你要把所有的湯都喝了嗎？就算你都喝了，到那個時候，嘰咕嘎嘎早淹死了！再説了，萬一你一不小心，順着湯把嘰咕嘎嘎喝進肚裏怎麼辦？」我的這個朋友，哪兒都好，就是做事不動腦子，我的綽號送給他還差不多。

「那怎麼辦？」

怎麼辦？我低頭看了一眼手裏的地毯，地毯角上寫着「下雨模式」。

「有了！」我忽然靈光一閃，以最快的速度買了個甜甜圈。

　　「你這個『絕對沒大腦』，還說我貪吃呢！現在是吃甜甜圈的時候嗎？你要是餓了，就多喝幾碗湯！」北極蟲批評我。

　　「別說話！」我躲在角落裏，迅速把地毯鋪在地面，又把甜甜圈埋在了土裏，

這一連串的動作用了不到半分鐘。

「你這是在幹嗎？」

「噓——」

　　我剛把甜甜圈埋進土裏，輕輕拍了幾下，只聽見食堂上空咔嚓一聲打了個大雷，大家聽到聲音抬頭一看，哇！無數個甜甜圈從屋頂落下來，草莓色的、抹茶色

的、巧克力色的、沾滿彩色的小粒粒，劈
里啪啦，一個接一個地掉進同學們的餐盤
上，掉進湯碗裏。

「哇！下甜甜圈雨啦！」

「哇！有免費的甜甜圈吃啦！」

所有的同學都興奮地高呼起來，盛飯
的阿姨、炒菜的師傅，還有那個賣甜甜圈
的人，都驚訝地看着周圍的一切，**張大嘴
巴**卻説不出話來。

北極蟲的眼睛睜得像牛一樣大，口水
滴到腳背上，一手一個甜甜圈：「哇！我
要是有一百隻手就好啦！」

我的耳邊傳來嘰咕嘎嘎**喘着粗氣**的聲
音：「拉鎖！北極蟲！喀喀喀⋯⋯我⋯⋯
我已經爬上了一個彩虹色的救生圈了！」

11 食堂裏的朋友

　　嘰咕嘎嘎已經恢復了和我一樣的身高，渾身**濕漉漉**地坐在花叢旁邊。這裏四周都是花，平時很少人來。

　　「想不到你還有變小的本事啊！之前你也沒說過會變小啊？」北極蟲**一臉崇拜**地說。

　　「我……我的本事多着呢！」嘰咕嘎嘎哆哆嗦嗦地說。

　　「本事再多，還不是差點兒被湯淹死啊！有些外星人就是不知深淺，哦不，是不知湯碗深淺。」我必須打擊打擊他。

　　「人家就是想找朋友嘛！」嘰咕嘎嘎

弇拉着觸角説道。

「你到食堂去找什麼朋友？掌勺的大師傅，還是盛菜的阿姨？」北極蟲問道。他倒是很想和盛菜的阿姨成為朋友，這樣每次盛菜就可以多盛到一點了。

「我拿着你送我的那本書到處逛，路過你們學校，剛好看到一個物種和書上的一樣。牠走起路來很輕鬆，我看見牠很舒服，很開心，我想牠可能是朋友。然後，我就喝了一口『**縮小口服液**』，變成了和牠一樣大，跟着牠到了你們叫食堂的地方。」

「縮小口服液好喝嗎？」北極蟲問。

「比湯好喝一點兒。」

「北極蟲，正經點，不要打斷人家講

話。」我說。

　　嘰咕嘎嘎接着說：「我跟牠說，想成
為牠的朋友。牠說：『好啊！不過你要聽
我的話，先拿點**饅頭**給我吃。』」

　　「然後呢？」

「然後我就拿饅頭給牠吃了；接著牠說：『拿些菜葉給我吃』，我又拿了些菜葉給牠吃；後來，牠又說：『舀點湯給我喝』，我就⋯⋯掉到了湯碗裏！之後的事，你們都知道了。」嘰咕嘎嘎一邊說，一邊擦着身上的湯水。

「你可真聽話！你要找的那個朋友長什麼樣？」

「就是這個。」嘰咕嘎嘎翻開北極蟲給他的《古今動物大全》指給我們看。

「蟑螂！」我和北極蟲一齊驚訝得**連蹦帶跳**，叫了起來。

「怎麼了？」嘰咕嘎嘎不明白我們為什麼叫起來。

「讓你感覺開心的朋友，就是⋯⋯就

是蟑螂？」

「對啊！」

「我的天哪！你們外星人的眼光真是很特別啊！」

「你還是不要找牠做朋友了，外星人和蟑螂成了朋友，可真的是強者聯合啊！地球人會**遭殃**的！」我高聲叫道。

「嘎嘎同學，你堂堂一個外星人，居然讓一隻蟑螂使喚來使喚去？唉，這事回到咪呢咪呢星球，可別往外說啊！太丟你們星球人的臉了！」北極蟲**歎口氣**說。

「丟臉？丟臉是什麼意思？」嘰咕嘎嘎用他那三根手指的手摸了摸自己的臉說道，「沒有丟啊！」

「真不知道怎麼和你說，唉！我覺得，

85

你還沒有明白什麼是朋友，朋友不需要去討好，也不是誰必須聽誰的話。怎麼說呢？朋友是平等的。平等，你懂嗎？就像我和北極蟲，他不用討好我，我也不需要討好他。我對他好，是因為我想對他好；他對我好，也是因為他想對我好。怎麼說呢？朋友是很純潔的，純潔，你懂嗎？」我自己都覺得說得像繞口令。

嘰咕嘎嘎瞪着兩隻大眼睛，搖了搖頭。

「你這麼說我都感覺好複雜，他肯定聽不懂了！這麼說吧，嘰咕嘎嘎，朋友不會讓你去做你不喜歡做的事，明白嗎？」北極蟲想了想說道。

「我還是沒明白你們的話，不過，我會努力去想明白的。時間很緊張，我要繼

續去找朋友了。」說着，嘰咕嘎嘎拿出甜甜圈咬了一口，「這個甜甜救生圈還可以吃呢！我要把它帶回我們的星球去！謝謝你們救了我。」

「等一等，我在上面給你簽個名。」

北極蟲馬上說，然後在甜甜圈上寫了自己的名字，之後又寫上了日期。

　　嘰咕嘎嘎把甜甜圈放到袋子裏：「好了，我要去找朋友了！」說完嗖的一下不見了。

　　嘰咕嘎嘎飛走之後，我問北極蟲：「你為什麼每次送給他的東西上面都要簽名，然後還要寫上日期呢？」

　　「萬一他帶回去的甜甜圈出名了，我也就跟着成為咪呢咪呢星球的名人了，說不定還能成為宇宙的名人呢！」北極蟲興奮地說。

12 北極的北極蟲

第二天，我在北極蟲家裏玩。

我在客廳，北極蟲在洗手間。

外星地毯就放在我的手邊，老實説，我真的很想打開它，可是一想起之前的搖搖怪，我到現在還想吐呢。

就在這時，我的耳邊又響起**求救聲**：「快來救我！拉鎖！北極蟲！快來救我！」

「你聽到嘰咕嘎嘎的聲音了嗎？」我闖進洗手間，北極蟲正在拿着廁泵通馬桶。

「我的天哪！能讓我上完廁所再進來嗎？」北極蟲**憤怒**地説。

「哦，對不起，我是想跟你説，我們

又可以坐飛毯了。」

北極蟲一聽到又可以坐飛毯，馬上就原諒我了。

我們立即啟動飛毯！我在外星地毯上踩了三腳，地毯立刻變成了飛毯，載着我們飛了起來。

這一次，我們飛得很**過癮**，沒有馬上落下來，而是飛了好長好長時間。可是，奇怪的是飛着飛着越來越冷，最後凍得我**手腳發麻**，風一吹過來，帶着雪粒，好像有刀子在割我的臉，刺啦啦地痛。

「這是去哪兒啊？」北極蟲也凍得受不了了。

「嘰咕嘎嘎，你在哪兒啊？」我大聲問。飛毯飛的時候風很大，聲音小得根本

聽不見。

「我在——」嘰咕嘎嘎的聲音也夾着風，聽不太清楚。

「你聽清他説在哪兒了嗎？」北極蟲問。

「好像是在你的老家。」

「我的老家？在哪兒？」

「**北極啊！**」

「什麼？北極？天哪！怎麼不早説？我們應該多帶點兒衣服啊！」北極蟲大聲叫道。

話音剛落，只見飛毯從一片**一望無際**的冰川上飛過，啪的一下，把我們扔到了冰天雪地的北極。

「北極蟲……你可是……北極蟲呀！

也怕⋯⋯冷嗎？」我哆哆嗦嗦地問。

「我是⋯⋯北極蟲，又不是⋯⋯北極熊！」我們倆抱在一起打哆嗦。

「天哪！你帶⋯⋯廁泵⋯⋯幹嗎？這東西⋯⋯又不能取暖！」

「走的時候⋯⋯着急，不小心⋯⋯拿來了。」

「快點兒找⋯⋯嘰咕嘎嘎！再過⋯⋯一會兒，我⋯⋯我們⋯⋯都凍成⋯⋯冰塊了⋯⋯」我話還沒說完，只聽到耳邊有把聲音說：「我⋯⋯已⋯⋯經⋯⋯成⋯⋯冰⋯⋯塊⋯⋯了⋯⋯」

我們順着聲音看過去，哇！果然有一個大冰塊，裏面凍着的正是嘰咕嘎嘎。

「快⋯⋯來⋯⋯救⋯⋯我⋯⋯」

13 朋友不好找

「嘰咕嘎嘎嘎嘎嘎嘎……」我凍得上牙打下牙，根本控制不住自己的下巴。

「你可真會……選地方！你怎麼跑到……這兒來了？我來……救你！」北極蟲對着冰塊**猛敲**，可是冰塊一點兒反應都沒有。

怎麼辦呢？我圍着大冰塊轉了一圈兒，冰塊上只有一個冰窟窿，嘰咕嘎嘎從裏面也鑽不出來啊。

我的舌頭凍得**不聽使喚**，卻阻礙不了我的大腦飛速旋轉。我看了看外星地毯，地毯角上寫着「超級無敵模式」。

「有⋯⋯了⋯⋯」我把地毯鋪在雪地上，地毯上面立刻長出土來。雖然手凍得沒了感覺，可我還是用了最快的速度，把北極蟲手裏的廁泵埋進了土裏。

「快點！快點！快點！我快堅持不住了。」我心裏不停地唸叨着。

就在這時，只見一個閃閃發光、長着**鐵齒鋼牙**的廁泵從地毯裏飛了出來。

「哇！超級⋯⋯無敵⋯⋯廁泵！」北極蟲驚叫道。

我和北極蟲一起抓緊了超級無敵廁泵，讓它對準冰窟窿一頓猛吸，超級無敵廁泵簡直太**厲害**了！不要說一個小小的嘰咕嘎嘎，就是一百個嘰咕嘎嘎也能給吸出來。只聽到一陣吱吱唔唔的聲音，嘰咕嘎

嘎的腦袋蹦的一下，被廁泵吸住了。

嘰咕嘎嘎從冰窟窿裏出來了，兩條觸角已經凍成了兩根**冰棍**：「我們……我們快點……離開這裏吧！太……太冷了！」

雖然這地方來一次不容易，不過，趁我們沒凍成冰棍之前，趕快離開吧！

我們三個用最快的速度乘着飛毯回到了北極蟲家。

還好，他家裏沒有人，北極蟲大方地拿出家裏所有的被子，我們蓋在身上。如果這個時候，你恰巧從北極蟲家門口經過，一定會看到，**酷熱**的天氣裏，三個奇怪的傢伙每人裹着一條厚厚的棉被，坐在院子裏曬太陽，那樣子就好像是烤蕃薯。

火辣辣的太陽照在臉上，我卻一點兒

都不覺得熱，只感覺到好溫暖，好溫暖。
漸漸地，過了好一會兒，腳趾終於有了知
覺，身體終於**暖和**起來了。

「對不起啊，害得你們差點兒被凍成
冰棍。唉！沒想到，朋友這麼不好找。」
在我的兩根大腳趾都暖和過來之後，嘰咕
嘎嘎**充滿歉意**地說道。

「嘰咕嘎嘎，你怎麼跑到北極去找朋
友了？」不等我問，北極蟲先問了。

「你們不是告訴我，應該找個純潔的
朋友嗎？你的那本書上有個感覺很純潔的
動物，叫北極熊。不去北極怎麼找北極
熊？」嘰咕嘎嘎一大堆的道理。

「那你看到北極熊了嗎？」

「看到了！可是我剛一見到牠，牠就

追着我跑，嚇得我一不小心掉到了冰窟窿裏，然後牠就走了，再後來你們就來了。」

「嘰咕嘎嘎同學啊，我勸你在地球上開開心心玩幾天，然後回自己的星球吧！你現在還是低年級外星人，很難應付地球上這複雜而惡劣的環境，等你長大了再來吧！」我好心好意地說。

聽我這麼一說，嘰咕嘎嘎一下子不高興了：「那怎麼行？我還沒有找到朋友呢！難道你們地球小孩不知道——作業沒完成不可以玩的嗎？好了，我走了！」

他拿起廁泵，騎上就走了。

半秒鐘不到，他嗖的一下又回來了。

「你忘記在上面簽名了。」嘰咕嘎嘎舉着廁泵對北極蟲說。

　　北極蟲在廁泵上簽了名，嘰咕嘎嘎又騎着它飛走了。

　　「記住！真正的朋友，是不會讓你感到害怕的，更不會在你遇到**危險**的時候扔下你。朋友之間，會有說不完的話！」我朝着他的背影喊。

　　「記住啦——」

　　很遠處，傳來嘰咕嘎嘎的聲音。

14 拯救外星人

這幾天很安靜，嘰咕嘎嘎沒來找我們。

今天是星期天，媽媽讓我在家裏陪妹妹玩。

我的妹妹叫可可，她今年三歲。

我真想説，我可是個**做大事**的人，比如拯救外星人什麼的，誰願意哄一個三歲的小屁孩？而且她每天還叼着一個奶嘴。

好吧，我承認，我唯一喜歡和可可玩的遊戲就是奶嘴遊戲：把奶嘴從她嘴裏一拔出來就哭，一放進嘴裏就笑。

哈哈哈！一下哭，一下笑，哭哭笑笑，真好玩！

今天我和可可正玩着「奶嘴遊戲」，忽然耳邊又響起嘰咕嘎嘎的聲音：「快來啊！快來啊！再晚我就完蛋啦！」

聽到嘰咕嘎嘎的呼救，我馬上對可可說：「妹妹，我要去**維護宇宙和平**了！萬一那個外星人在地球上死掉了，他的星球攻打我們地球怎麼辦？」

「怎麼辦？」可可看着我喃喃地說。

「我覺得，現在的樣子，我們星球還打不過他們！人家已經用超聲波了，咱們這邊的大人還每天捧着手機呢！唉！無知真可怕！」

「真可怕！」可可重複着說。

「所以，對不起，妹妹，我不能陪你玩了，我要去拯救外星人了！」說完，我拿起角落裏的外星地毯就跑出門去。

可可在屋裏大哭起來，我聽見媽媽說：「怎麼哥哥又不陪你玩了？他去哪兒了？」

「去拯救外星人了！」可可大哭着說。

「他能拯救外星人？他還能飛呢！他要是能拯救外星人，我還能做餡餅給外星人吃呢！哼！」媽媽從鼻孔裏哼了一聲，轉過身去。

就在她轉身的時候，我和北極蟲乘着飛毯，從她的身後飛走了。

「上次去北極，我都凍感冒了，這次是去哪兒？」北極蟲坐在飛毯上擦着鼻涕

問我。

「我哪裏知道？這次飛的時間好長，好像比上次還長。北極已經夠遠的了，總不會比北極還遠吧？」我正說着，飛毯開始**顛簸**，緊接着眼前一片漆黑。

「我的天……天哪！怎麼黑了？這是怎麼回事？」北極蟲大叫道。

我和北極蟲一齊抓緊了飛毯，我們倆嚇得閉緊了眼睛，可是飛毯就像在黑夜中長了一雙眼睛一樣，一會兒向東轉，一會兒向西轉，一會兒又翻了翻。經過了一連串**過山車**似的飛躍，我感覺到眼前好像有光了，把眼睛瞇成一條縫，哇！我們的頭上是天空，下面是高高大大的一眼望不到邊的綠色叢林！

「北極蟲，咱們在哪兒？」我問道。

「啊！拉鎖，我們來到**熱帶雨林**了！」北極蟲興奮地説。正説着，一個巨大的黑影從我們頭頂飄過，我們抬頭一看，原來是一隻大鳥從我們頭頂飛過。

「好大的鳥！」我不由得驚訝道。

飛毯繼續貼着大片大片的樹冠往前飛，在一片高大的樹叢中，飛毯傾斜了一下飛入了叢林裏。我們倆連忙抓緊，風吹過，身上涼涼的，可是手心裏卻**潮乎乎**的都是汗。就在這時，我們迎面出現一棵大樹，糟了糟了！快撞上了！

我兩眼一閉，只聽到啪的一聲，我們倆從飛毯上跌了下來，幸好離地面不是很高。

「能不能和飛毯商量一下，下一次輕點扔？每一次不是摔頭，就是摔屁股！」北極蟲每次都是屁股先着地。

「你最好不要提出這樣的要求。」我拍了拍屁股，對北極蟲説道，轉身開始呼叫嘰咕嘎嘎，「嘰咕嘎嘎！你在哪兒？」

叫了幾聲，等了一會兒，沒有聽到回話。

「這傢伙什麼意思！把我們弄到這裏，卻找不到他。」北極蟲捲起外星地毯開始**抱怨**。

我仔細看了一下四周，又往天上看了看，一隻大鳥停在離我不太遠的地方。

「可能是剛才在我們頭頂飛過的那隻大鳥。」北極蟲指着大鳥説道。

「不對！那不是大鳥！」我仔細一看，驚呼道，「你看牠翅膀上長着爪子，那是隻長着翅膀的**恐龍**！」

　　「我的天哪！我們竟然來到了恐龍時代！」我們倆高呼道，頓時覺得全身的汗毛都豎了起來。

15 恐龍危機

我和北極蟲小心翼翼地往前走。

「噓——有聲音。」我聽到附近有哇啦哇啦的聲音。

北極蟲一聽我這麼說，馬上安靜下來：「好像是有聲音。」

我們**躡手躡腳**地扒開周圍茂密的植物，順着聲音往前走，哇啦哇啦的聲音越來越大。

「我的老天爺！這麼多恐龍！」北極蟲指着不遠處大喊。

我仔細一看，可不是嘛！一大羣小恐龍哇啦哇啦地叫個不停，這些小恐龍真是

好小，就像兔子那麼大，不過數量好多好
多。

　　再仔細一看，我的天哪！小恐龍中間
圍着的就是嘰咕嘎嘎。他看見了我們：
「快，快來救我！」嘰咕嘎嘎被死死地圍
在中間，根本動不了。

　　「嘰咕嘎嘎——**我們來救你了——**」
北極蟲像英雄一樣，高喊着往恐龍羣裏衝，
小恐龍們聽見北極蟲的聲音，一大羣又跑
到這邊來，一下子把這位**英雄**連同我一起
圍住了。

　　「北極蟲，喊什麼喊！這下麻煩了！」
我一邊往外推這些小恐龍一邊叫着，剛說
完，一隻小恐龍噗的一下往我臉上吐了一
口口水。

「這傢伙居然往我臉上吐口水！史前動物居然朝高等生物吐口水！」我氣憤地大叫起來，我最討厭的就是口水了，感覺受到了奇恥大辱。

「你要慶幸牠們只是吐口水，而不是大口大口咬你！」北極蟲説道，他的身上也沾滿了小恐龍的口水。

是呀，聽他這樣一説我才發現，這些小恐龍並不是食肉的，牠們只是圍着我們吐口水。

「拉鎖，快想辦法！再這樣叫下去，牠們的媽媽來了就麻煩了！」北極蟲已經被小恐龍們**擠倒在地**，蜷縮在地上，抱着外星地毯。

「本來還有辦法！你把牠們都叫過來，吵得我什麼都想不出來了！」我一邊説，一邊擋着臉，一隻小恐龍又把**黏糊糊**的口水噴在了我的臉上，真噁心。

這時，我忽然看到地毯一角上寫着「複製模式」。

「複製模式？」我把手伸到褲袋，摸到一個東西。

哈哈！我有辦法了。

「北極蟲，快把**地毯**給我！」我接過地毯鋪到地上，「你往外推這些小恐龍，

千萬別讓牠們掉進去！」我一邊説着一邊
拿出口袋裏的東西埋進地毯。

「你埋的是什麽？」北極蟲**拚命**把小
恐龍往外推。

「一會兒你就知道了。」

很快，外星地毯裏冒出了好多好多個
奶嘴，奶嘴堆得像小山一樣多。

我拿起奶嘴就往小恐龍嘴巴裏塞，小
恐龍們含住奶嘴居然不叫了。哈哈！太棒
了！

「你真厲害！」北極蟲説着，也像我
一樣把奶嘴一個個地塞進小恐龍的嘴巴
裏。

説來也奇怪，這些小恐龍就像可可一
樣，只要一含住奶嘴就不哭不叫了。很快，

所有的小恐龍都含上了奶嘴，滿足地吸着，發出吧唧吧唧的聲音。

「你怎麼找到這裏來了呢？」我一邊抹着臉上的口水，一邊問嘰咕嘎嘎。

「你不是説『**朋友就是有說不完的話**』嗎？我覺得牠們和我有説不完的話。」嘰咕嘎嘎説。

「我的天哪！朋友是有説不完的話，可不是有『吐不完的口水』呀！」北極蟲擦着身上的口水。

嘰咕嘎嘎撿起最後一個奶嘴：「這叫什麼？」

「奶嘴。」

「奶嘴真是個好東西！地球人真聰明，**研究**出這麼多神奇的東西！我要把它

帶回去給我的弟弟妹妹。」

「你有很多弟弟妹妹嗎？」

「不是很多，就一百六十七個。」

「一百六十七個？」我和北極蟲**異口**
同聲地問道。

「怎麼了？很多嗎？我有一個同學，
有三百多個弟弟妹妹呢！」嘰咕嘎嘎回答。

「老天啊！你們的爸媽能記住那麼多
孩子的名字嗎？」

「我爸媽總說把我養大不容易，嘿嘿，
比起來外星爸媽他們輕鬆得很呢！」北極
蟲感歎道，「還好我出生在地球上。」

「一百六十七個孩子，萬一都像北極
蟲這樣的胃口，一頓飯就把你們的爸爸媽
媽吃破產了！」

「加上我，我爸媽一百六十八個孩子。」嘰咕嘎嘎補充道。

「真是可憐天下父母心啊！」我搔著頭感歎道。

「父母？父母是什麼？」嘰咕嘎嘎追問不停。

「嗷嗚——」就在這時，樹林裏傳來一聲嚎叫，把我嚇得一哆嗦：「快走快走，小恐龍的父母來了！」

我連忙打開地毯，站在上面連踩三腳：「趕快回家吃晚餐，再不走我們就變成恐龍的晚餐了。」

「父母就是爸爸媽媽！就是說全地球的、全外星的、全宇宙的爸爸媽媽都不容易！」我們三個坐在飛毯上，飛毯慢慢起

飛。

　「抓緊！起飛啦！」北極蟲說著，飛毯抖動了兩下，載著我們朝天空飛去。

　「拉鎖！」嘰咕嘎嘎**大聲叫道**。

　「什麼？」

　「你不是說『朋友就是有說不完的話』嗎？我覺得我和你們就有說不完的話。」

　風呼呼地在我耳邊刮過，但是我還是清清楚楚地聽到了嘰咕嘎嘎說的話。

16 懷舊模式

　　我們三個人坐在我家後院，就是我們第一次和嘰咕嘎嘎見面的地方。太陽快要下山了，家人還沒回來，我拿出媽媽做的餡餅給嘰咕嘎嘎吃。

　　這次，嘰咕嘎嘎終於決定不再去找朋友了。

　　「謝謝你們，幫了我這麼多次，我好像知道什麼是朋友了，可惜我要回咪呢咪呢星球了。」嘰咕嘎嘎咬了一口餡餅說。

　　「這是你的地毯。這幾天，我們除了救你的時候用過它，平時都沒有打開過。」我把外星地毯遞給嘰咕嘎嘎。

「對了，你們是怎麼找到我埋下的這塊地？」

「我們是想埋一些東西，幾百年以後讓它變成古董。誰能想到，一不小心挖到了你埋下的**寶貝**！」

「古董？你們把埋在地下很多年的東西叫古董？」嘰咕嘎嘎問道。

「對呀！在地球上古董很**珍貴**，能得到一件古董是很不容易的！」我說道。

「變成古董還不簡單？把這塊地轉換成『懷舊模式』就可以了。」

「懷舊模式？」我和北極蟲一下子來了精神。

「是呀，就幾分鐘的事，根本用不着幾百年。」

「嘰咕嘎嘎，你等等我。」我**三步併作兩步**回到屋裏，把家裏所有的碗都抱了出來。

北極蟲一看我抱了那麼多碗，也立馬回家，來來回回跑了好幾趟，不但把他家所有的碗抱來了，而且還抱來了碟子、杯子和**煙灰缸**。

「北極蟲，為什麼不把你家馬桶也搬來呀？」我說。

「這麼多，地毯能放得下嗎？」

「沒問題！」嘰咕嘎嘎抖了一下地毯，往後退了幾步，地毯一角顯示「懷舊模式」。

「好，讓你們看看……」嘰咕嘎嘎圍著地毯邊走邊說，可是沒等他把話說完，

只見他雙腳一滑，一下子摔進了那塊地裏，就像之前北極蟲一樣，還沒等我們反應過來，嘰咕嘎嘎就沉到了土裏。

「這是怎麼回事？」

我和北極蟲一齊愣住了，一下子撲到那塊地上開始挖。

可就在這時，我爸爸回來了。

「拉鎖，你怎麼把碗都拿到這裏來了？」爸爸看到了嘰咕嘎嘎的一隻觸角，眼睛忽然**大放光芒**：「你們在挖什麼？」

「我們……」我們倆**支支吾吾**不說話，心想，完蛋了。

「這是什麼？你們不要動！拉鎖，快去屋子裏取我的手鏟和刷子！」爸爸急忙說。

「什麼手鏟和刷子？」

「就是我**考古**專用的那套工具。」

「爸爸，這裏沒有你要的東西。」

「快去拿，別囉唆。」

我把手鏟和刷子遞給爸爸，爸爸**小心翼翼**地挖了起來，大概是挖的時間太久了，可憐的嘰咕嘎嘎從土裏被挖出來的時候，已經成了化石。

17 化石不會醒

「這有可能就是**史前人類**呀！真是一個重大發現！」爸爸看着「化石」異常興奮。

我和北極蟲在一旁，不敢正眼去看。

「咦？這史前人類腳下踩的是什麼？」

我暈了！那是我的滑板。

我和北極蟲你看看我，我看看你，這下知道嘰咕嘎嘎為什麼掉進地裏去了——之前把滑板變成透明，嘰咕嘎嘎沒看到，一腳踩在上面，才滑進那塊地裏去的。

「我馬上就給**研究所**打電話！這麼完整的化石，非常有研究價值！」

「呃……爸爸，現在都這麼晚了，我們先吃飯吧，等明天再給研究所打電話吧。」

「是呀，叔叔，人家研究所應該下班了。」北極蟲也說。

「你們說得也對，那就先放在我們家一個晚上，明天一早我就聯繫研究所。」

爸爸把嘰咕嘎嘎化石抬到了屋裏，然後寸步不離地守在一旁，估計我出生時他也沒有這麼精心看護過。

我和北極蟲躲在房間裏研究怎麼才能救出嘰咕嘎嘎。

「嘰咕嘎嘎真可憐，本來是想幫我們把碗碟變成古董的，可是一不小心自己成了古董，而且馬上就要進研究所了！」北極蟲感歎。

「我們必須救他！」

「可是進了研究所就**不好辦**了！」

「所以，要在嘰咕嘎嘎進研究所之前救出他！」

「怎麼救呢？」

「我記得，你變成嬰兒的時候，嘰咕嘎嘎把那塊地毯翻了翻，然後把你又放回了土裏，之後你就還原了。」

「嗯，這大概是唯一可以還原的辦法，今晚我住在你家。」關鍵時候北極蟲也不含糊。

在我的**軟硬兼施**下，爸爸同意讓我晚上守候在化石旁邊。這天晚上，到了深夜，趁家裏人都睡熟了，我們悄悄地把嘰咕嘎嘎抬了起來。

　　我們費了好大的力氣，像兩個小偷一樣不敢發出聲音，走走停停。外星人看着小小的，可真有重量啊！剛走幾步，我就已經**滿頭大汗**；北極蟲雖然個子大，可是力氣卻不大，抬幾步就要歇歇。我們只好一小步一小步地蹭啊蹭，終於把嘰咕嘎嘎抬到了外面。

　　我們把外星地毯貼着地面一鋪，還沒等我們把嘰咕嘎嘎化石埋進去，這個時候，我聽到屋裏傳來爸爸的聲音：「化石！化石！」

　　完蛋了！

　　我們聽到爸爸的聲音，嚇得趕快跑回屋裏。

　　回到屋裏一看，只是**虛驚一場**，原來

爸爸根本沒有醒，他是太興奮了，在說夢話。

嚇死我們了，我和北極蟲又趕快來到了屋外。經過這麼一折騰我們倆渾身是汗，被夜裏的冷風一吹，渾身打了個冷戰。

明晃晃的月光照在嘰咕嘎嘎的化石上，如果是平時在院子裏看到這麼一個東西，一定會覺得有些可怕，可是現在，我們只想着怎麼樣才能讓嘰咕嘎嘎**恢復**成原來的樣子。我按照之前嘰咕嘎嘎的方法，把地毯翻了翻。我們倆小心翼翼地把嘰咕嘎嘎化石埋在了那塊外星地毯裏，拍了拍土，靜靜地等待着。一分鐘，兩分鐘，三分鐘，外星地毯還是原來的樣子，一點兒變化都沒有。

18 尋找綽號

「你説，嘰咕嘎嘎還會變回原來的樣子嗎？」北極蟲擔心地問道。

「再等等，會變回來的，嘰咕嘎嘎總是能給我們**奇跡**，這一次奇跡也會出現的。」我説道，心裏卻很緊張。

「如果他變不回原來的樣子，他的爸爸媽媽會想念他的，他的一百六十七個弟弟妹妹會想念他的，我們也會想念他的。」北極蟲輕聲説道。

「沒錯，*我們也會想念他的。*」説到這裏，我的心裏忽然有點兒難過。我靜靜地轉過臉去，從學校食堂到寒冷的北極，

再到恐龍時代，他的每一次召喚都是那麼清晰，現在我好希望能聽到他的召喚，哪怕是求救的也好。

我這樣想着，耳邊忽然傳來一個熟悉的聲音：「拉鎖？北極蟲？」

「你聽到了嗎？是嘰咕嘎嘎的超聲波！」北極蟲興奮地大叫道。

我們仔細一看，那塊外星地毯裏伸出一隻三根手指的手。這要是在平時非嚇死人不可，不過現在，我心裏樂開了花，一把握住那隻手，把嘰咕嘎嘎從土裏拉了出來。

「這麼近，誰還用超聲波啊！」嘰咕嘎嘎一邊用力抖了抖身上的土，一邊説道。

「太好了，嘰咕嘎嘎還原了！」我們倆興奮地叫了起來！

在這樣一個夜深人靜的晚上，我們的叫聲顯得格外響亮。

「嘰咕嘎嘎，對不起，害得你變成了化石。你現在馬上回家吧，像你這麼稀有的物種，在地球上太顯眼了！」我說道。

「是呀！嘰咕嘎嘎，你快回去吧。可惜你還沒找到朋友，作業沒有完成，白來地球一趟了！」北極蟲說道。

「不會啊！我的收穫還是很大的，你們看！甜甜圈、廁泵，還有奶嘴！」

「我怎麼覺得，你不像是來地球找朋友的。」

「那我像什麼？」

「像是來地球撿垃圾的。」北極蟲說。

我們**哈哈大笑**起來。

「我馬上呼喚飛碟。」嘰咕嘎嘎對着天空剛要說什麼，可是又閉上了嘴巴。

「我知道你**捨不得**我們！嗚嗚……」我和北極蟲一下子抱住了嘰咕嘎嘎大哭起來。

嘰咕嘎嘎看了看我們：「你們別哭了，我不是捨不得你們，我是忘記了召喚飛碟的訊號。」

哦，是我們想多了，看來外星人就是沒有像地球人那麼**重感情**──我這樣想着，和北極蟲止住了哭聲。

「你們的訊號很複雜嗎？」

「不複雜，就是我自己的綽號，可是我忘記了自己的綽號。」

原來，外星小孩也會有綽號。

「是大眼怪嗎？」北極蟲問。

「不是。」嘰咕嘎嘎搖搖頭。

「醜蘿蔔？」

「不是，我又不醜。」

「那是什麼？」

「我想起來一點兒，好像和腦子有關係。」嘰咕嘎嘎撓撓頭。

嘰咕嘎嘎這記性真不怎麼樣，居然連自己的綽號都會忘記！我的綽號一輩子都不會忘。

「算了吧，先別想了。對了，這是你的東西，你腦子不好使，別忘了把它帶走。」我一邊說一邊把地毯捲起來放回了原來的盒子裏，遞給嘰咕嘎嘎。

嘰咕嘎嘎看着盒子忽然大叫起來：「我想起來了！**我的綽號就是『絕對沒大腦』！**」

一聽到這幾個字，我和北極蟲都呆住
了。

19 外星人的眼淚也是鹹的

「天哪！這也是我的綽號！」我看着
盒子上那行字：沒有絕對沒大腦的同意，
絕對不許打開。

我終於明白了這行字的意思。原來，
我和嘰咕嘎嘎的綽號都叫絕對沒大腦！

「瞧！我給你起的這個綽號多**威風**，
連外星人都在用。」北極蟲驕傲地説。

「呵呵，是很威風，都威風上天了！」
我笑道，又問嘰咕嘎嘎，「你一個外星人，
怎麼會寫我們地球上的文字？」

「就像我之前跟你提過，我們的文字
會自動轉換的，也因為這樣，我一到這裏

就會說你們的語言。

「原來是這樣，兩個不同星球上的人居然能同名，多大的緣分呀！」我感歎道。

嘰咕嘎嘎朝着天空大喊一聲：「絕對沒大腦！」一個巨大的飛碟馬上出現了。

「拉鎖，你想錯了，其實我和你一樣重感情。我回去之後，會把你們送給我的禮物種在地裏，一棵甜甜圈樹、一棵廁泵樹、一棵奶嘴樹，每一棵樹上都結滿你們的名字。因為，你們讓我知道了什麼是朋友！朋友就是，像甜甜圈一樣，讓人感到快樂；像廁泵一樣，當你困難的時候就會出現；像奶嘴一樣，只要一出現就感覺到溫暖！朋友就像你們一樣！親愛的朋友，我找到你們了！」

　　嘰咕嘎嘎用他的觸角把我們緊緊地抱住了，我的眼淚流了出來，北極蟲哭得**一塌糊塗**。嘰咕嘎嘎也哭了起來，他的眼睛大，所以淚水更多，原來外星人的眼淚也是鹹的。

　　「不許哭！像個女孩子一樣。」北極蟲拿起奶嘴塞到嘰咕嘎嘎嘴裏。

　　「人家……本來就是女孩子。」嘰咕嘎嘎含着奶嘴説。

　　「什麼？」我和北極蟲一下子止住了哭聲，北極蟲的臉一下子紅了。

　　「你從來沒告訴過我們，你是女孩子啊！」

　　「你們也從來沒問過啊！」

　　「北極蟲，你是我見過最帥的朋友！

拉鎖，你是我見過最聰明的朋友！」

「嘿嘿，嘰咕嘎嘎說我長得帥！」北極蟲**一臉陶醉**地說。

「她還覺得和蟑螂一起很舒服呢！所以，她說你長得帥也沒什麼可高興的。」我打趣道。

「呃……朋友，你們能再幫我一回嗎？我出來時忘了給飛碟裝梯子，你們要把我扔上去。」

「很願意為女士效勞。」我們**齊聲回答**。

「一！二！三——」我們一用力把嘰咕嘎嘎扔到了飛碟上，飛碟裏傳來乒乒乒乒的聲音。

「嘰咕嘎嘎，你沒事吧？」

「沒⋯⋯沒事。」

「我會想念你們的！」嘰咕嘎嘎**揮舞**着觸角。

「我們也會想念你的！」

「下次再來，別忘了帶梯子。」

「一定！」

「知道你們喜歡古董，在你們進屋的時候，我偷偷做了兩件古董，埋在了地裏，算是我送給你們的禮物。」

嘰咕嘎嘎説完，飛碟門緩緩關上，我們目送嘰咕嘎嘎的飛碟**漸漸飛遠**，直到變成一個小小的黑點。

「重北極。」我説道。

「嗯？」平時我很少叫他「重北極」，他好像感覺有點兒不習慣。

　　「我有一個朋友，以前我一直覺得他不夠完美，現在我才知道，他是世界上最完美的朋友！他有點兒帥氣，有點兒聰明，還很安靜，而且他就在我的身邊！」我把手搭在北極蟲的肩膀上。

　　「你⋯⋯你是在說我嗎？」北極蟲很感動的樣子。

　　「當然！你比蟑螂帥氣一點兒，比北極熊聰明一點兒，比那些小恐龍安靜一點兒。哈哈哈⋯⋯」說完我跑進屋裏。

　　「什麼？」

　　哈哈，又上當了！但是我知道，北極蟲沒有真生氣，我們在一起說說笑笑，打打鬧鬧，不會分開，也不會生氣。

　　因為，**我們是真正的朋友！**

20 好消息和壞消息

第二天一早，爸爸還沒起牀，我就衝進了他的房間。

「兒子，怎麼了？」

「有兩個消息，一個好消息，一個壞消息，你先聽哪個？」

「壞消息。」爸爸肯定地說。

「那個化石被我放走了。」

「什麼？」爸爸的眼睛瞪得 *溜溜圓*。

「還有一個好消息呢！」我馬上補充。

「說！」

「我找到了古董，就在院子裏。」

「真的？」

我和爸爸一起去院子裏，在我挖出外星地毯的那個地方，挖出了兩個古董碗。

　　「哇！」爸爸小心翼翼地把古董碗捧在手裏，看一眼古董碗**兩眼放光**，正要看第二眼的時候，他眼睛裏的光一下子就不見了：「嘰咕嘎嘎？2021 年 8 月 6 日？拉鎖！這就是你説的古董？」爸爸衝着我大吼。

　　嘰咕嘎嘎啊！誰讓你在古董上寫日期了？

 驚喜彩蛋大放送

第一彈：

我又聽到從隔壁傳來北極蟲媽媽憤怒的喊聲：「你跟我說清楚！那些碗是不是你打破的？」接着是一陣劈里啪啦的聲音。

第二彈：

「你語文考試多少分？」北極蟲伸長脖子壓低聲音問我。我緊張地從指縫裏看了一眼分數，小聲回答：「76 分！」

「唉！我 67 分！早知道之前多埋幾次語文書，就有更多的答案可抄了……」

北極蟲話音未落，只聽到身後的語文老師高聲說：「什麼？你們倆上次考試抄了答案？罰你們把上次的考卷連同答案抄三遍！」

「啊？」我和北極蟲張大了嘴巴，這下完蛋了！

下期預告

什麼？媽媽變成彈力球？

　　拉鎖偶然看到媽媽的日記，發現原來自己是撿回來的！他想起媽媽對他總是特別嚴厲，對妹妹卻百般偏愛，就非常氣憤……

　　翌日，拉鎖誤打誤撞遇到了神秘的生氣貓。生氣貓擁有一間玩具店，在那裏買玩具不需要錢，只需要用生氣時吹的氣球，就能換到對付大人的玩具。拉鎖因此換來了防囉唆泡泡槍、防吼叫貼紙，它們不但讓愛嘮叨的老師口吐大泡泡，更把麻煩的媽媽變成了彈力球！

　　究竟拉鎖是不是媽媽親生的呢？賣玩具的生氣貓到底是誰？彈力球媽媽還能變回原形嗎？

**絕對沒大腦
又再遇上什麼瘋狂事？
請看《絕對沒大腦2》！**

絕對沒大腦 1

挖地挖出一塊地

作　　者：王　聰
繪　　圖：李　楠
責任編輯：黃稔茵
美術設計：劉麗萍
出　　版：新雅文化事業有限公司
　　　　　香港英皇道 499 號北角工業大廈 18 樓
　　　　　電話：(852) 2138 7998
　　　　　傳真：(852) 2597 4003
　　　　　網址：http://www.sunya.com.hk
　　　　　電郵：marketing@sunya.com.hk
發　　行：香港聯合書刊物流有限公司
　　　　　香港荃灣德士古道 220-248 號荃灣工業中心 16 樓
　　　　　電話：(852) 2150 2100
　　　　　傳真：(852) 2407 3062
　　　　　電郵：info@suplogistics.com.hk
印　　刷：中華商務彩色印刷有限公司
　　　　　香港新界大埔汀麗路 36 號
版　　次：二〇二二年四月初版

ISBN: 978-962-08-7975-3
© 2022 Sun Ya Publications (HK) Ltd.
18/F, North Point Industrial Building, 499 King's Road, Hong Kong
Published in Hong Kong, China
Printed in China